JN115721

三本のやまぼふし

花山多佳子

歌集

砂子屋書房

*目次

どんぐり 10
はな子 13
七五三 17
三角の影 21
ザムザ 27
残り時間 33
ハクビシン 40
日時計 44
小さき鋏 50
蔓は夢みる 54
秋の曇り 59
「悪」の字 65

川向うの月　78
皮袋　80
凧　84
八幡神社　90
苦の器　95
淡き空色　99
東京の川　104
切り株　110
胡瓜の木　116
グリーンフィールズ　121
メタセコイア　130
三月　136

一年生 142
三本のやまぼふし 146
秋日 150
手賀沼 153
手 159
胡桃の影 163
新年 167
春の自転車 171
令和 179
一日 182
栗の花 189
うつつの虫 193

降らぬ曇り 202
坂の上 207
曼殊沙華 212
黄の蝶 215
三月生まれの鼠 219
黒電話 230
冬目黒川 242
天狗笑ひ 245
ウイルス 250
窓 258
動線 262
沼のほとりに 266

外は炎熱 272
関東平野 277
朝焼け 282
夜の自転車 285
ころなかの 287
琥珀 293

あとがき 297

装本・倉本　修

歌集　三本のやまぼふし

どんぐり

石塀のうへ蔓草に縁(ふち)どられ猫のかほありまな
こひらきて

それぞれにかくも異なる犬つれて人びとあるく夜明けの道を

犬連れの人たちどうしの立ち話は犬を忘れず子連れと違ひて

歩くため歩けばつまづく　街路樹の根が突き
あげる舗道の起伏に

すべり台のそばの桜の切り株にどんぐりがか
ためて置いてありたり

はな子

霜月のよく晴れた日に象のはな子すこしかたむき鼻をゆらせり

いくたびもはな子を見に来し遠き日のわがかたはらに居たるは誰ぞ

コンクリートだけを踏みつつ六十九年いちど人間を踏みしことあり

会ひたしと来つれどはな子この場所にまだ生きをれば耐へがたきかも

大きいねと言ひたるのみに象を離(か)り三歳の子は栗鼠に行きたり

小さきわれは触らんとせり放し飼ひの孔雀が
ひろげる緑の羽根に

七五三

仏滅の日の仏前の七五三たつた二人の児が坐りをり

太鼓の音くらき御堂に鳴りひびき三人の僧侶
立ち出でませり

密教の鳴り物入りのご祈禱はねんごろなれば
おのづと祈る

護摩を焚く炎のまへにをさなごの頭(つむり)が揺るる
振子のやうに

被布垂るる赤い着物のをさなごは目黒不動の
どんぐり拾ふ

寺池はまぶしかりけりサングラスかければ見
ゆる亀のあたまが

三角の影

ここだよといふ感じにて木立(きだち)ダリアの花、寥(れう)
寥(れう)と見下ろしてをり

坐る時間世界一長きは日本人といふデータに
意外の感あり

八百万（やほよろづ）の神のごとしも物みなにＡＩ宿りて采
配を振る

町内会餅つきの餅に並ぶ列長長しけれ垣の山
茶花

歌番（ウタバン）は「思い出のメロディ」ばかりなり歌人
のやうな歌手が出てくる

カンナの花まだ咲いてゐてすずかけの枝払はれて夕の凩

「カモ」と児がゆびさすかなた浮かぶものからうじて見ゆ川と同じ色に

枯れ蓮はみなうつむきて三角の影を落とせり
濁り水ふかく

極端に短くなりしを生命線と思ひをりしが頭
脳線なり

「あたらめて」と誤植のあれば「あたらむ」
といふ言の葉のありさうに思ふ

ザムザ

三時四時五時とめざめて時のすすみひたすら
遅し老いのあかとき

共にをりしさまざまな猫の思ひ出も祖父母のやうに遠くなりたり

鰹節かくのはひとり子われにして最後のかけらは猫にやりたり

嵐の夜にふと帰りきてまた消えし雄猫クマの
かほは忘れず

去年の暮、衆院選自民圧勝のニッポンに息子
は帰り来たりぬ

中途採用試験に臨む日々にして息子は養命酒をラッパ飲みする

うす暗き部屋にふとんが盛りあがり動けばザムザといふほかはなく

自律神経失調症と診断する医者はヤブだと息
子が言へり

老い人のふえてゆく世に金輪際開けられぬ梱
包のふえてゆくなる

野ぼたんのうす紅き蕾のひとつから覗く塗り
物のやうな紫

残り時間

いちめんの厚き曇りに目凝らせばやや濃き雲
がうごきゆくらし

雪ふらずあかるき曇りとなりにけり入りゆく
墓地に鳥のこゑする

こころもち傾いてゐる森岡家の墓は木の根が
押し上げしといふ

庭に落ちし焼夷弾にて風呂沸かしたるとぞ森
岡貞香の母は

井の頭線で遊びに行きし街　場末の匂ひの渋
谷なつかし

電車より見る東京の川すぢの護岸いづこも殺伐として

年とりて気がつきやすくこのごろは手袋おとせばかならず拾ふ

まいにち一人で乗つてゐるの　老女が言へり
都バスのなかに

バス酔ひをしてゐる子ども　笑みかける隣り
のおばあさんに反応をせず

三歳の手がにぎりたるおむすびは口にほぐれ
てゆけりたやすく

赤い実を枯れ葉にのせた幼子の舟はめぐりぬ
畳のうへを

川べりの娘のアパートの屋上にいつか南瓜の
たねを蒔きたし

目がさめて電車にゐると気づきたり一生（ひとよ）の残
り時間に焦る

ハクビシン

林試の森公園に冬の日の落ちてひととき鴉ら
のこゑのすさまじ

出産の迫るむすめと歩きたりき底冷えのする
林試の森を

大木は大木のまま幼子をつね伴へる森となり
たり

目黒不動参道の夜の電線をわたりゆく影　タ
ヌキのやうな

電線をわたりゆく影をゆびさして感電する感
電すると娘が叫ぶ

参道の店の人らがいつのまにか出てきてあれ
はハクビシンと言ふ

日時計

飛び立ちてセキレイ空に発光すチッチと声をちりばめながら

日時計は遺跡のごとし湿りけのなき如月の小
公園に

この町におもちゃ屋三つありしこと新型プラ
モデル、ゲーム積まれて

美容院と歯医者とクリーニング屋と整骨院の
ふえてゆく町

ドライヤーかけたるとたんブレーカー落ちて
真つ暗闇にわが居り

死せる者に時代は関はりなけれども死者が時
代を動かすことあり

木の根つこは土のおもてに複雑にからみあひ
つつ椎の実を抱く

掘割の浅きをあるく鷺ひとつ肢抜くたびに肢を震はす

枯芝にたむろしてゐし椋鳥は送電塔にみな移りをり

午後五時の浅葱の空にうかぶ雲ひとつひとつ
が淡きくれなゐ

小さき鋏

いくたびもめざめては眠るあけがたはしだいに夢の苦しかりける

このあたりは枇杷の木が多い、と引き込まれ
ゆく二度寝の夢に

キッチンを出でて見つめるテレビには象のは
な子が横たはりをり

2016・5・26

ベランダの夾竹桃の白い花かくも咲きたり梅雨入りのまへ

むらさきに穂草かがやく六月を小さき鋏もちて散歩す

左眼を手術したれば見えてゐたはずの右眼が見えなくなりぬ

梅雨晴れの砂場の横に湧くごとく男の子ら居りカード並べて

蔓は夢みる

赤い実をあまた落として山桃の木はなつかし
き暗さに立てり

パン屋さんの外テーブルで幼子はパン食べたがる雀が来るから

電線をコイルのやうに巻く蔓は夢みるごとし根つこ断たれて

返事する声は低きにうしろよりしやべる息子
の声の大きさ

葛の葉は明るかりけり梅雨の日の空地の木々
を覆ひつくして

抽斗の中にこんなに雑草が生えてしまつたと
見せてゐる夢

終電に寝過ごして夜どほし歩き来し息子の風
邪は治りてゐたり

めぐすりをさして瞑れるまなうらに忘れな草
の青がちらばる

秋の曇り

茫々と雷雨に戦ぐ夏木々のいづくか徒長枝の
みが明るし

旧き書のかんじに褪せて『青蟬』の背表紙が
見ゆその金文字よ

ポリ袋にみな包まれて雨の日の雑誌が届くご
親切にも

雑誌入りポリ袋を止めるセロテープの一片すらも引きちぎれず

秋の曇りの日に日に深くなりゆけり口笛をふく人はゐないか

蒸し暑きままに深まりゆかぬ秋　晴雨兼用傘をたづさへ

十月の蒸し暑き日の夕ぐれに嵐ちかづく風ふきはじむ

「警視庁が警戒を強めてゐます」「気象庁の誤りでした」

貼つて出す切手に迷ふみづからに苛立ちながらなほ迷ひをり

睦（むつ）さんより送られしマタギの栗蜜をなめつつ
厨にひとり居り夜を

「悪」の字

寺庭をめぐりつつきて見上げたりき木立(きだち)ダリアの花の荒涼

畑にも庭にも寺にも咲く花となりてどこにも
似合はざる花

ゆるやかな坂のぼるタクシーにながめをり夜
空に雲のひろがりゆくを

ファックスであれこれやりとりしたる日よ手書きの印字淡くなりゆく

違ふ人の字かとおもふ　河野裕子のこんな小さい字　引つ越しの後の

猫の見つかるまじなひを教へてほしいといふ
ファックスに何と返事をしたか

はやばやと吹く木枯らしにももいろの芙蓉の
花のなびき伏すなる

よく晴れて木枯し一番吹いた日に米大統領選
トランプ勝利す

団地広場に置かるる鉢に花絶えてかやつり草
のひかりあふるる

「悪」と「悪」ながめてゐれば「悪」の字の
顔にまぎれなく愛嬌のあり

でもスマホ持つてるでしよでもスマホ持つて
るでしよ給食費払へなくとも

貧困の書き込みあればしつこくしつこく叩く
心理の出どころをおもふ

歩道橋の階段にもりあがる青苔に十一月の雪
つもりたり

九十歳でこの世を去りぬ　七〇年代に四十代だつたフィデル・カストロ　2016・11・25没

日本ではもはや伝説になりぬれど革命後を政権維持して現在(いま)に到れり

花終りし石蕗の黄をなつかしむこれより長き冬とおもへば

金ゆゑに人間わるくなる話『クリスマス・キャロル』を児に読みきかす

木の下にうづくまる人　上野公園のスターバ
ックスの灯りが向うに

ときどきは天袋にあるを意識する息子の集め
たビックリマンカード

しじみエキス飲んだ翌朝「効くね」と言って
息子は起き上がりたり

テーブルに置かんとすればラ・フランスぐら
りぐらりと位置定まらず

あそこは市の管轄、などと言ひながら団地の
掃除は車道に及ぶ

大通りの路肩にうすく溜りゐる黒土に冬のミ
ミズがうごく

路肩の土は肥沃さうなり雪かきのシャベルで
掻き出すこの黒土は

川向うの月

団地では花の終りし石蕗が行人坂大円寺にいま盛りなり

元の家族にひとりふえたり　その母の子ども
のころには似てない子ども

川向うにかがやく月を指したれば「あれはあ
きちやんが見つけた月」と言ふ

皮袋

水たまりにまるごと嵌り日輪は青みを帯びた
ひかりを発す

プラットホームにみづからの影つつきつつ鳩は迫り来くベンチのわれに

霜月の木々に冬鳥のこゑ満てど野鳥博士にこのごろ遇はず

両の手にふくろを下げたおばあさん屈まりあるくままに倒るる

古くなりし皮袋のなかに液体のここちに温く眠らんとする

床のなかに激しく攣(つ)りしふくらはぎの痛みは
籠る恨(ハン)のごとくに

めざむれば曇りは深し夢のなかにエレベータ
ーに上下しつづけて

凧

元旦の新聞受けに垂れさがる紙の重さよ未だ
暗きに

木の上の鳥かげに目を凝らせども降りくる声
はただのヒヨドリ

なんかここおぼえてる！　と児がさけぶ布施
弁天の石段の下

元日は去年(こぞ)も今年も石段の並べる列に陽のあたたかさ

犬を抱いたおばさんが打つ鰐口の音のひびけり一際大きく

厨事(くりやごと)忙しなければ自らの尾を追ふごとく回ることあり

味のうすい蜜柑が好きといふむすめ皮はぶかぶかが剝きやすいといふ

一メートルほど上空にひらひらと凧連れて児
はむやみに走る

凩といふ字がうかび凪がうかび凧がなかなか
思ひ出だせず

人前に声はりあげて歌ふ夢　この歌知らない
と思ひながらに

八幡神社

陸羽線鳴子温泉に降りたれば晴るる空より風花流る

鳴子の宿に人多けれど雪のこる温泉街をゆきかふ人なく

かつてわが本籍なりし玉造郡岩出山町にけふを来てをり

訪れしみちのくの家の植込みに見えかくれする冬の鳥いくつ

岩出山の血族の家に鳥居ありて三体古き秘仏を祀る

ひとたびも見(まみ)ゆることなく去年(こぞ)逝きし家の主
の遺影に見(まみ)ゆ

会話のなかに折りをり出づる姫さまといふは
伊達家の子孫のことらし

山なかの古き社（やしろ）はあやかしのごとく灯しておお守りを売る

樅ノ木の巨いなる幹立ちならぶ丘に墓ありうしろは崖にて

苦の器

木の根かたにどんぐり埋めし幼子は立ち上がりなぜか手を合はせたり

木の根かたに埋めしどんぐり幼子は帰りの途（みち）に掘り出してをり

「悲の器」の時代は遥かとなりにけり「苦の器」なる人の多しも

マスクの上に目をおしひらき行く道に人より
ほかの生き物を見ず

たまさかに鳴るものとなり家電（いへでん）の音を一瞬な
にかとおもふ

空中を流れ来し葉のひつたりと水のおもてに
つきて流るる

淡き空色

スノードロップとナガミヒナゲシ混じり咲く
絵本のやうなひとところあり

黒土に濃きむらさきは見えがたく花びつしり
とジゴクノカマノフタ

互みの蔓に巻きつきながら盛りあがり盛りあ
がり咲くカラスノエンドウ

ナチズムは合意独裁　国民投票こそおそろしき合意のかたち

自由経済標榜しつつ粛々と政府が株を買ひ占めてゆく

〈どの曲も背中を押してくれます〉ザ・ブル
ーハーツさへ毒を抜かれて

剝がしたき思ひに見つむ垂直に幹をのぼれる
繊きほそき蔓

あるとしもなき胡瓜草の花のいろ集まりて淡
き空色となる

東京の川

みやびならぬ雅叙園の影に覆はるるこの川べりの花は遅しも

目黒川の桜は過ぎしがことのほか牡丹桜を児はよろこべり

柄杓もて水かけ不動に飛ばしたるつもりの水に幼子濡るる

大声で「カメ」と言ふ子は亀ゐるを告ぐるに
あらず亀を呼ぶなり

大人たちしやべりゐる間に石段をのぼりゆく
児の遠き背（せな）見ゆ

耳欠けて耳欠けて小さな狐たち浅草寺裏のお
いなりさんに

空襲で死にたる人らひしめきて遊ぶがごとし
浅草花屋敷

タクシーは言問橋を渡りをり夜の雨がうつ川
は見えずも

すずめが一羽すずめが三羽、屋形船乗り場に
わたす縄の弛みに

三人は流れてゆきぬ葉桜の夜の暗渠なる呑川（のみがは）のうへ

切り株

「日傘あります」郵便局に貼り紙のあるに気づきぬ彼岸を過ぎて

ガリガリの桃が食べたしくれなゐを帯びる果肉の小さなる桃

並木道の欅のいつぽん伐られたり掛ける人もなしその切り株に

あたらしき切り株のめぐり青あをと曼殊沙華の葉の突き立ちて来ぬ

四、五人が囲みてテープを巻いてゐるこの木もやがて切り株になる

台風のなごりの風が木枯しになりてゆくなり
夕かたまけて

どしやぶりの神宮外苑ゆきかへる傘より声ご
ゑ離れ漂ふ

めざめてもめざめても夜　めざむれば昼であ
りたる若き日おもふ

若い頃の睡眠不足が認知症の一因になると聞
きて安堵す

残りたる林の暗さはうとまれてゐるにやあら
む建売区域に

布のごとく根もとに襞を撓ませて欅は立てり
冬木となりぬ

胡瓜の木

夕空のあれは何かとおもふまで大いなる月

一月一日

初夢に胡瓜の木といふもの見たり胡瓜が空に
なびきゐたりき

なすびではなけれど胡瓜の初夢を見たりしこ
とを幸ひとせむ

十二個の牡蠣のむき身はひとつながりの軟体
となるボウルのなかに

姪つ子とあそぶ息子の高笑ひ響けば娘がうれ
しさうなり

非正規と正規まざまざ身分差となりたる現在（いま）の世代差あはれ

「家族みな破綻のリスク」あらばあれリビングに四人ババ抜きをする

どの猫でありしか笛の音のやうな寝息もらしてむかし傍へに

アボカドの皮と果肉のさかひ目にけふオーロラのごとき色見ゆ

グリーンフィールズ

進々堂のフランスパンをかじりつつ共に歩きし寺町通り

友にとつてあのころのみが良かつたと断定で
きてしまふかなしさ

夢のなかの事象のごとく驚かず聞きたり友の
自殺のことは

頭脳切れ舌鋒するどく寮会に君が提起する闘
争方針

意識高く論立つにより評価され怠惰なるゆゑ
愛されてゐて

今にして思へば友の明快な弁舌に伊予訛り全くなかりき

京大阪の人だけが居ない女子寮に住みをりき
寺町御門の前に

友が当てたる商店街のクーポンで行きし如月
の寒き寒き旅行

モノクロの写真は二月の鳥取の砂丘にふたり
着ぶくれて立つ

遠くありし友の日日（にちにち）の苦しみはきれぎれにわれに過りたるのみ

めまぐるしくトンネルは来て三島あたり裾ひく富士の全身あらはる

息を呑むほどに真白き富士山を消したり擦れちがふ新幹線が

いくたびも驚きを友は言ひをりき車窓に見たる初めての富士を

朝床のあたまのなかを流れゆくグリーンフィールズ　また眠りゆく

掘割の泥のたまりのうごめきて黒いあたまを上げる鴨たち

坂のぼりゆく目に痛し竹いつぽんいつぽんの
反す夕日のひかり

メタセコイア

雪のこる歩道橋のかいだん傘つきてのぼりゆく児ら老いのごとしも

もつとしやんと歩けないのか　大声にふりか
へりみれば老いたる夫婦

コンビニの前にたむろする若きらもバイクの
音も消えてをりたり

わが子らが金いろに髪を染めてゐし一時（いっとき）は時
代の一時でもありき

いつしらに剪定されてメタセコイアの冬のか
たちのあらず、幹のみ

やはらかく葉を巻き締めてメタセコイアおの
づから樹形ととのふものを

メタセコイアが剪られたことはかつて無し三
十数年団地に住みて

使用期限七年前なるホカロンに体温のごとき
ぬくもり生るる

プラットホームに目陰をすれば手袋の甲あた
たかし朝の陽ざしに

左手がつめたくなればば右の手はしばしかぶさ
るモナリザのごと

三月

使ひ捨てカイロも利用し水浄化はかると聞けり目黒川その他

おまめ見えてる　絹さやの筋とりながら児が
つぶやきぬ

目も口も閉ぢて眠れる　雛人形より五月人形
に似てゐるこの子

アパートの部屋に覚むれば顔のうへ天井まで
は空間がある

四月より小学校に通ふ道　目黒川沿ひを先に
歩かす

暁闇にとどろく音は風なのか雷なのか三月一日

枇杷の木の繁りは暗くその下にカラスは黒く春日かがやく

青き葉に青きつぼみのしたたりてああもうすぐに咲くフリージア

水仙はヒガンバナ科でフリージアはアヤメ科なること少しややこし

フリージアの和名は浅黄水仙とぞ雑な命名は
さすがニッポン

一年生

紙風船ついて数へる児の声が百すぎてゐること に気づきぬ

街なかの角を曲がれば親子連れさざめきて入
学式の校門

講堂に入りくる列に驚きぬ男子が女子の三倍
もゐて

アパートから目黒川沿ひに真直ぐに歩いてこの子、学校に通ふ

葉桜のきらめきのなか上枝より下枝にゆつくり降りくるひよどり

莢の笛つくりやらんと来てみればカラスノヱンドウ、もう黒き莢

あかいとでしろいタオルをぬつたよとメールがとどく一年生より

三本のやまぼふし

ベランダのまへの三本のやまぼふし吹き荒る
る風に花白く見ゆ

梅雨入りのあめのあかるし窓越しにいま落ち
たるはやまぼふしの花

やまぼふしの花ちらばりぬあらくさの刈られ
しあとのみどりの地(つち)に

低気圧ちかづきたれば頭（づ）のなかをうしろへう
しろへ魚が泳ぐ

遊歩道尽きて掘割の橋わたるたもとにいつも
ワルナスビ咲く

梅雨晴れに見上げるところひと枝の桜の葉つぱが真紅なりけり

夏至すぎて三日目の晴れ三日目の月やまぼふしの木を照らしをり

秋日

エンピツを挟んだ文庫本のふくらみがなつかしく見ゆ朝の枕べ

いやまして暑き秋日のしづけさにアガパンサスの莢実の垂るる

暑き夜を花火したたるはこのあたり紅き実したたる一木（いちぼく）のあり

まろき実のまじりきて花房おとろへし百日紅に秋の雨ふる

起きてゐるとアマゾンに何か注文する息子であれば目覚めずともよし

手賀沼

たくさんの鳩追ひ散らしたくさんの鴨ゐる沼へ児は駆けてゆく

羽の上に首を横づけしたるまま白鳥うかぶ鴨らの間(あひ)に

手賀沼の白鳥ならむ人慣れをしてゐるかんじに汀を離れず

錆だらけのスワンボートに漕ぎ出づる手賀沼
は広しとりとめもなく

水質汚染ワースト1ではもうないと反芻しを
りスワンボートに

「白樺派カレー」を食みぬ白樺派カレーの味
は味噌の味なり

投げるために松ぼつくりをこんなにも拾つて
ゐたのか　沼に投げをり

ゆふぐれを泣きはじめれば眠いんだねと言は
れてをりぬ一年生が

手賀大橋のフェンスの間（ま）よりあきちゃんは松
ぼつくりの残りを落とす

ただ一つ持ち帰りたる松ぼくり水に入れられ
きゆつとつぼみぬ

手

左手で文字を書かむと練習に線書く○や△を
書く

手の痛み治らぬままに急死せし母の手のやうな気がするこの手

母の家に残されてゐた鋏あまた　吾もまた一つ鋏を買ひたり

家のなかで嵌めたままなる手袋のゆびさきより得体のしれぬ匂ひす

老いるとはどこかがつねに痛むこと安らぎは死と思へるまでに

病院の送迎バスより見る畑ただ黒土をカラスついばむ

胡桃の影

冬の夜の窓を流れてゆきにしはデヴィッド・
ボウイの魔王の白髪(はくはつ)

また髪を染めてみやうかと三十半ばの息子が
言ふはわびしかりけり

白髪（はくはつ）の人が電車に読んでゐる『２０４０年の
エネルギーの覇権』

腹式呼吸の息入れるときヒヨドリの声のする
どし頭上の木より

「ある朝めざめてさらばさらば」と歌声のき
こゆるごとしある朝めざめて

かくのごと老いは変化す痛む手にフォークを
もちて白飯を食む

冬の陽はただあたたかくテーブルの胡桃の影
に凹凸のなし

新年

老い人の新年会もおのおのに立ちてぞゆける
ドリンクバーに

冬木々の向うの空は新しい十円玉のいろに光れり

眼鏡また見失ひたり家のなかに防犯カメラつけたきものを

湯のなかに縁(ふち)より溶けゆく酒粕をへらにつつきぬ手は痛むとも

残りたる林の隅のくらがりに蔓日日草の冬の葉つやめく

バス停に娘と孫を見送りて息子と渡る夜の交
差点

春の自転車

みちのくのごとく空澄み四十雀の元気のこゑ
は北の窓より

寒ざむとしたる曇りに咲きのこる緋木瓜は幹
の爛れのごとく

自転車に過ぎゆく畑のあらくさに点ずる花の
いろのとりどり

呼びとめて自転車に空気入れくれぬ売りし自
転車をおじさんは忘れず

ゆるやかな起伏をあるく椋鳥らその後ろつき
人間くさし

なにがなし腹立たしくも椋鳥の黄色い肢がぺたぺたと行く

思い切り剪定されたる欅にも芽吹きはありてあたかも鳥の巣

さくら冷えつつ四月一日の「令和」公布に心
底冷ゆる
2019・4・1

えんぺらを抜き墨袋ぬき軟骨をぬきてなめら
かな空洞とせり

伝統とは統べるを伝へることなればそも軍隊
や国家に遺ふと

あちこちに痛みの出づる齢となりからだの仕
組みにやうやく目覚む

大風に向かひて自転車漕ぐときの脳のなかなる無風状態

夜の路地の奥より自転車あらはれて矢のやうに来るプラットホームへ

遠からぬ死とおもふときフリージアの香りた
だよふ夜のベランダ

令和

さくら咲くころより寒くなりゆきて散りゆく
ころにもつとも寒し

生えた木を抜きたるあとに水溜る頭の感じす
今朝のめざめは

万葉集を時の宰相が言ふときに同調圧力の
「令和」来向かふ

「歌人なら感じ入るでしょう令和には」投稿ハガキに添へ書きのあり

ばらばらに居りし犬たち捨てられて群れなしゐると桂河川敷に

一日

リビングを二羽のカラスが歩き回る夢さめて
からカラスを追ひ出す

充電の済みしを告げてケータイは水湧くごとき音を立てたり

低空をカモメのやうな飛び方でよぎりゆきしは何の鳥なる

バス停にゐる女の子ジャンパーを脱げば人形
をおんぶしてをり

スカンポを噛みたることとなしうつすらと赤み
を帯びて掘割のほとり

黒鳥はカラスだけなりうつくしく若葉木立の
間（あひ）をぬけゆく

重大なことを忘れてゐるやうな気がするたと
へば夜がくること

線路沿ひに茎立ち高くならびゐるブタナの花
の黄が発光す

家のなかでひとり大声に唱歌うたふ〈風の音
よ〉で息のとぎるる

曇にさすカラスノヱンドウゆふべには花を閉
ぢたりそのままならむ

読みながら傍線を引くのみにして鉛筆は短く
ならず死ぬまで

ジャンプしつつ前にすすめばガラス戸にキョンシーのごと迫りくる者

夜の空に出現したる白き塔　シートの覆ふ送電塔なり

栗の花

車窓には栗の花、また栗の花　梅雨のあめふる常磐線に

だだ広き関東平野の空は見えず無人駅みな雨のなかなる

発車待ちの時間の長きバスに居て乗り来る老いらをつぶさに見てをり

残りすくなきいのちと詠まれし老人は牧水よりも長く生きけむ

会果てて夕暮れ未だ明るきをことさらよろこぶ齢となりぬ

木の上にからみて咲ける蔓あぢさゐ山に見たりきひとり若き日に

うつつの虫

病院の向かひの神社に朝を来て湿る空気を胸
ふかく吸ふ

根津神社の穴稲荷には上品な顔のきつねがひつそりと居て

ことごとく低くしか飛ばぬ根津神社の鳩の一羽がのどもとに来る

生きてゐたよ　麻酔の醒めし夫言へば相槌打
たず帰り来たれり

疲れすぎて眠れぬ夜更けビール飲み動悸だけ
なるからだとなりぬ

「ミミソデを取られたね」と夢にささやかれ
「耳袖」と記憶するは何ゆゑ

ベランダの前のやまぼふしこの梅雨を咲かず
尾長のこゑ騒がしき

病院のエレベーターを見張りつつ音なる方へ
車椅子押す

医者もたいへんだな、などと言つてゐるしつ
こく質問したあと夫は

ＡＢ型と家族が信じてゐた夫の血液型はＯ型
だつた

日曜日の朝には息子がゐたことを日曜らしき
夜におもふも

数日を置きても固きアボカドのクレヨンのやうな食感をはむ

何もかもすぐにはやりたくないといふこの心根をいかにかもせむ

払ひ続ける、夫は虫を、飛蚊症のごとく漂ふ
うつつの虫を

気休めといふにあらねどぬるま湯にといて飲
ませる「大人の粉ミルク」

ブレーキをかけつつ自転車にくだりゆく坂の
石垣に濃きクレマチス

降らぬ曇り

やうやくに淡き日のさす夕つかた泰山木の葉を拾ひたり

書きなづみ伝へきれざりし同年の加藤典洋の
失意をおもふ

白人の国のことかと訝しむ「ホワイト国」か
ら韓国を排除

ドローンが兵器を載せて飛ぶといふ　米のせて飛ぶ鉢を恋ほしむ

考へるカラス佇みそのめぐり考へてゐないムクドリ歩く

「小さな喜びで満足しよう」と七夕の短冊に
ありこれは願ひか

短冊の下がる笹の葉こよりのやうになりてさ
らさら音も立てなく

葱坊主黒くなりつついつまでも降らぬ曇りを
風ふきわたる

坂の上

台風の過ぎて二日目の目黒川に蛇腹のごとき
流れはありぬ

川べりにわづかな土嚢がならびをりこぼれ土
より芽吹かむ春は

そのかみの垢離取り（コリトリ）川なる目黒川あまたの垢
の色とし濁る

目黒川は「氾濫しない」と書き込みあり「調節池が五反田にある」

アパートを出でてほどなく川沿ひに目黒区から品川区へ入る

街はただ駅のめぐりに　坂の上はひつたり鎖せるお屋敷ばかり

五反田の坂の上にて迷ひたりパレスチナ大使の家ありて眺む

坂の上にのぼりて見れば街はみなうしろすが
たがあるとおもへり

曼殊沙華

おいらん草の花に会ひしを幸とせむ歩みの遅き夫に添ひて

蒸し暑き夕ぐれにはかに風いでてたゆたふ波のごとき蟬ごゑ

老夫婦といふべきわれら夕つかた曼殊沙華咲く川べりに出づ

川べりに咲く曼殊沙華いつせいに盛りすぎた
る感のおそろし

涼しくもなき夕ぐれの曼殊沙華そのいくつか
は枯れ葉を抱く

黄の蝶

霧のなかにかすむ人らがくつきりと黒くなりきて醒むるあかとき

秋深し朝おきぬけに洟をかむティッシュは海
藻のやうな匂ひす

吹き降りのバス停に待つ一時間余見てをり掘
割の水位上がるを

洪水の秋をおもへば白菊も白さざんくわもことさら白し

橋の下に鳥ゐるらしも街川のおもてに水紋がひろがつてくる

霜月のある晴れた日に黄の蝶がゆらめき出づ
る岩のなかより

三月生まれの鼠

山吹の葉むらに黒き隠り実の光れり鼠のまなこのごとく

この団地に越してきた春ハタネズミのむくろ
ありにき茅花の間(あひ)に

どこにでも咲く花なれど海岸にもつとも似合
ふつはぶきの花

つはぶきは「つやぶき」の転といふ　石蕗（いしぶき）と
いふは磯蕗（いそぶき）の転といふ

石垣のうへより迫り出すつはぶきのおとろふ
る花も濃くぞおとろふ

川沿ひのススキの茎もヱノコログサの葉も紫
に錆びてうつくし

ことさらに静かな生き物　空（くう）を踏むごとくに
蜘蛛は書棚をくだる

このごろは虫見かけぬにささがにの蜘蛛ひとつ夜の部屋に居りたり

握ることできなくなりし両の手でずいずいずつころばしの茶壺をつくる

「皇后のパレードに涙す」と詠まれたる九十代女性の投稿歌あり

パレードの皇后を詠む歌はあれど「皇后のパレード」は初めて見たり

門前に白井権八・小紫の比翼塚ある目黒不動尊

東映映画にてその名記憶する幡随院長兵衛および白井権八

娘と孫と長く手合はす目黒不動尊本堂裏の大日如来に

七五三の護摩焚く前に正座して眠りつつ揺れゐし児を思ひ出づ

護摩祈禱終りて僧侶は歩み寄り幼子のあたま
を撫でてくれたり

ねずみもちの酒を舐めれば頭のなかに密密と
黒きねずみもちの実

われ生れしころカスリーン台風あり敗戦後の
山河をずたずたにして

おほかたは猪である教室に三月生まれの鼠な
りけり

団塊のわれらの干支はうつし世の害獣である
猪と鼠

みはるかす海より馬が駈けてきて大いなる腹
がわれを擦りゆく

黒電話

〈赤い灯青い灯〉よぎる歌詞ありてあとは灯らず椅子より立ちぬ

夕暮れの道ひとところほの明るしメタセコイ
ア の葉の散りしける

われに二台の自転車ありて寒き日はサドルの
低き方に乗りゆく

散歩の足は伸びてゐながら体力の日に日に衰
ふと夫は言ひ切る

電飾をする家なぜか殖えてをり老い人殖えゆ
くここの団地に

Global warming・地球温暖化いづれの言葉も鬼気迫らざる

てのひらにこんもり載りゐしガラケーが抽斗のすみに三つ残れり

新しき銀の薬缶に児とふたり顔を映して笑ふ
元日

「百人一首に秀歌はない」と断じたる塚本（つかもと）邦
雄を思ふ札を読みつつ

崇徳院の絵札つくづくと眺めたり口髭もなく
ぺろりと若し

物置のふくろに入れある黒電話ぶつかればい
つもチンと音たつ

父の指が回しし電話のダイヤルを同じ速度で
児が回しゐる

街上に遇ひたるごとくリビングで娘と息子が
立ち話せり

南京豆つて落花生のことなの？　と驚いてゐるむすめにおどろく

娘も息子もおぼえてをらず落花生を畑で掘つて収穫した日

落花生はナッツではなく緑濃きマメ科の葉つ
ぱマメ科の黄の花

いつもいつも飛び跳ねてゐた息子　鱗を逆さ
に削がれつづける

いちめんの枯野を尖りゆくものは雉なり止まりて此方を見たり

「線量が高いので水際には寄らないで下さい」とまだ表示ある川

雨の打つ川暗けれど透きとほりみどりの羽の
真鴨が過ぎぬ

川面より草むらへ飛ぶ鴨数羽わが歩きゆく小
道をよぎりて

小雨ふる大堀川より飛び立ちて草をついばむ
鴨らとなりぬ

冬目黒川

幅狭く段差の高き階段のうすくらがりを一気にのぼる

ゆふぐれの足音待ちつつ四畳半のこたつに読みゐる『伊勢物語』

かまくらのやうに押入れに灯がともり坐る子がゐる子の部屋なれば

四階の部屋にめざめて空かとぞおもふかなたは雅叙園の壁

しろじろと桜木の枝つらなりてただそれだけの冬目黒川

天狗笑ひ

めづらしく悲愴な気分となりにけりあたまに
ウイルスが増殖をして

ウイルスの報道続きて見る夢は頤（おとがひ）の下にびつ
しりとヘルペス

人類はウイルスにより滅ぶといふ恐怖により
て人類は滅ぶか

母と子がベランダの敷居にこしかけてスケッチしてゐる春の花ばな

休校となりて子どもの声ひびく路地にあかあかと椿つらなる

何時ですか　わが自転車を止めて問ふ少年四人　春のまひるま

スマホ出し三時よと言へば少年らありがたうございますと言ひて離るる

ジャングルジムに少年たちがぎつしりと本を
読んだりぶら下がつたり

子どもたち輪になるときに青空ゆ天狗笑ひは
聞こゆるものを

ウイルス

疾風に不安は飛ばずうつむきて歩くここにも
ムスカリの花

開店時間繰り下げとなりマルエッツの前の広場
に老い人たむろす

「マスク二枚は日本の闇」あとになれば奇怪
な見出し　ネットひらけば

結核と思ひをりしがスペイン風邪で世を去つ
たのか村山槐多は

陽性と陰性どちらがいいのかわからざりし小
学校のＢＣＧ接種

「陽性」の語彙の明るさ訝しみ英語を見れば
「ポジティブ」とあり

陽性（ポジティブ）と陰性（ネガティブ）なのかとおどろけりウイルスから
すれば然（さ）うかもしれず

咲く椿落つる椿も蕊のなき乙女椿の息苦しさよ

始業式はあるゆゑアパートに帰りゆきし娘と孫に会へなくなりぬ

うたたねは一瞬深しウイルスの解説見つつ夜のソファに

世界中消毒するがに照りわたる四月七日のスーパームーン

車にて筍もちくれし寮友とマスクのままに立ち話せり

剝きゆけば黒光りする筍の皮ぞあふるる蛇口の下に

まひるまの部屋見回せり何日か何曜日なのか
わからなくなり

住みかより出られざる春さりとても住みか失
ふ人多き春

窓

南の窓に尾長が鳴きて北窓に四十雀鳴くたの
しからずや

柏崎さんの歌集に『四十雀日記』あり『北窓集』あり

娘の部屋に双眼鏡を発見す　窓のかなたの万緑迫る

街なかの人出の有無の映像を日々に見てをり
見せられてをり

片付けることは散らかすことにして脳(なづき)のなか
に居るごとく暮る

窓ぎはの書棚の黴に気づきたることも一人の
家ごもりゆゑ

ガラス戸の外にきこゆる風音を現実とおもひ
日々を逝かしむ

動線

両の手に覆ふ顔面がいつもより広い感じの雨の朝なり

動線の定かならぬを意識せりひとりの家の行き来にありて

遊具みなテープに巻かれそのめぐり流れてゐたりしシャボン玉も消ゆ

伝染病はいつしか感染症となり自己責任の気配濃くなる

川べりに釣り糸垂れゐる人と人の間隔は現在(いま)の理想なるべし

やうやくに初夏の暑さの川べりに釣り人は大
き魚を引くらし

沼のほとりに

遠き日にウサギがかじりたる絵本捨てたいけれど娘が拒む

見るたびに少年たちが殖えてゐる小公園の夏のゆふぐれ

また雨がすこし降り来ぬ川沿ひに並びて咲けるワルナスビの花

この川をたどれば続く沼のほとりに矢車の花
の群れ咲くところに

久しくなきことの一つに電車にて本読みなが
ら眠る愉しみ

予定なき日にちに慣れ予定ある日の到来のおそろしくこそ

投稿ハガキの歌の訂正に印鑑を押す人いまも時どきはあり

とりとめなく時間の過ぎし夕方の郵便局がなぜか混んでゐる

夜の街は昼もあるんだ　テレビからふとも聞こえて詩的な言葉

信心はあるやあらずや地蔵にも狛犬にもマスクさせてゐる国

手賀沼に蓮はこの夏咲かぬといふ　白鳥が根を食みたるゆゑとも

外は炎熱

「トムとジェリー」をいっしよに見るを強要

す三年生の少女はわれに

いつしらに小学校の道徳に二宮尊徳が復活し
てをり

「尊徳はたくさんの人や村をたすけた人です」
冒頭の文章　悪文

病む母をマンガで慰めた少年として登場す手塚治虫が

音はづしつつオカリナに子は吹けりジングルベルを　外は炎熱

刈り込まれたのち繁りたる欅の木　木陰にならぬ影を落とせり

掘割にはびこりし藻が一夜さに消えてをりたり病葉流るる

「未来」の表紙の黒猫の眼がまぶしすぎて裏返しおく　岡井さん亡し

関東平野

川岸のなだりも川も埋めつくし荒地瓜の葉の
波は動かず

いつのころより衰へ来しか泡立草すすきの群
にわづかまじりて

新治(にひばり)　筑波　称ふれば火に照らされし老いの
応へる声ぞきこゆる

一つ一つ岩にとりつき登りにし筑波の山はまどかに遠し

かくのごと岩だらけなる山を知らず天狗のごとく児は跳びゆけり

大いなる奇岩の穴に立ちて笑ふ女の子ありき
筑波の山に

連山のごとくに見ゆる雲ありて関東平野に日
は落ちてゆく

ベランダの正面に回りくる月はいつもやまぼ
ふしの木の裏にゐる

朝焼け

あかときの窓のそともは風ふきてもみぢ葉あ
れど色なく靡く

岡井さんと夢に立ち話することあり現実（うつつ）の記憶とさして変はらず

切り株のふえたる林かしましきまでに鳥声そこにあつまる

からうじて二足歩行の老い人ら見るやほのか
な朝焼けの色

運動のために歩道橋をのぼりゆく老いの背（せな）あ
りわれものぼれる

夜の自転車

自転車に夜の坂くだる　ブレーキをかける握力われに戻り来て

いくほんも幹の傍へを過ぎながら夜の自転車
に深く安らぐ

ころなかの

「ころなかの」枕詞のひびきあり花鳥風月なべて詠まるる

なめらかにアナウンサーの言ひたるを反芻す
「このころなかのなか」

いつしらに知事は首長とも呼ばれをり首長国
連邦になるべしニッポン

注射針刺さるところが大写しになるたび思ふ
なぜ写すのか

医療従事者に先づ始まればワクチンを打たるる
る腕にみな張りのあり

ねずみ年終はらむとして現れしネズミを怖れ
夜を眠れず

十二月はネズミの来る月　懐中電灯てらしつ
つ駆除の業者言ひたり

きれぎれに眠ればきれぎれの夢を見て冬の朝
はいまだ明けざる

身めぐりも世界も崩れゆくごとし震災ののち
十年にして

アメリカもヨーロッパもただ感染者多きところとながめゐるのみ

数億を個人が所有し一億の税収の有無に自治体苦しむ

琥珀

紅葉するころの空気のつめたさに昔のお弁当の匂ひよぎりぬ

風邪ひかず咳せず過ぎし一年を奇跡のやうに
思ふたまゆら

種子埋めて出でしアボカド数枚の葉のいちま
いがやたら大きい

アボカドのプロペラのやうな葉がゆれてサン・
テグジュペリを思ひ出したる

歩道橋に生きる小草をたんねんにむしる人あ
りそのさみどりを

壁抜けはできるけれどもひどく辛い　そんな
記憶のありし少女期

誰かから息子がもらひし蜂蜜は琥珀のごとし
永遠にある

あとがき

二〇一五年から二〇二〇年まで五年間の作品四九四首を収録した。『鳥影』に続く第十二歌集にあたる。六十代後半から七十代前半の時期で、相変わらず身のめぐりの狭い範囲の歌ばかりである。この時期、手の痛みが長くつづいて、料理もできず、箸も持てなくなったりもした。膝も痛み、正座ができなくなって、長年の畳に坐っての仕事はテーブルに移動した。これは生活の一大改革だった。白内障も悪化してろくに見えなかったせいもあって、生活の範囲はますます狭くなったが、老いの衰えがとみに早く実感されたので、身体というものに多少自覚的になったのは幸いだったといえようか。

そうした不調からようやく抜けだして七十代に入ったのだが、今度は世の中がコロナ禍に突入した。歌集はそのころの二〇二〇年までを一区切りとした。

コロナ禍で一斉休校になったころ、ふだんは静かな昼間の団地近辺の小公園に子どもたちの声が響いていた。どこから湧いたのかと思うほどに。何かまぼろしを見ているようなここちで眺めた日々を思い出す。あの子たちはマスクをつけていたのだろうか。その記憶がないのがふしぎだ。

連日、感染症の報道ばかりだったのはつい数年前のことなのにとても遠く感じられる。あまりに日本、世界の激震の報道が続いているからだろう。

ベランダの前に三本のやまぼうしの木があって、ぼんやり眺めることが多かったのでタイトルにした。あまり多くの花をつけないので、よけいに目を凝らしてもいたのである。先日その一本が伐られてしまって今は二本になっている。

花山多佳子

二〇二四年五月一〇日

塔21世紀叢書第四四九篇

三本のやまぼふし　花山多佳子歌集

二〇二四年七月一一日初版発行

著　者　花山多佳子
千葉県柏市松葉町四―一―七―一〇二（〒二七七―〇八二七）

発行者　田村雅之

発行所　砂子屋書房
東京都千代田区内神田三―四―七（〒一〇一―〇〇四七）
電話　〇三―三二五六―四七〇八　振替　〇〇一三〇―二―九七六三一
URL http://www.sunagoya.com

印　刷　長野印刷商工株式会社

製　本　渋谷文泉閣

©2024 Takako Hanayama Printed in Japan